Eva
y la tarta

Carmela y Steven d'Amico

sm

Eva y su madre llevaban viviendo
desde hacía casi un año en la ciudad.

Ya estaban de vacaciones de verano y la pastelería estaba más llena que nunca.

50¢

Eva hacía todo lo que podía por ayudar.
Pero a veces no se sentía de mucha ayuda.
Ya había barrido el suelo tres veces.
No había ni una miga en él.

Cuando el reloj del horno sonó,
Eva pensó que podría ayudar sacando los pastelillos.
—No, no, no —dijo su madre—. Podrías quemarte.

—Querría un trocito de tarta de piña –dijo la siguiente
cliente que estaba en la cola.
—Le cortaré un trozo –se ofreció Eva.
—No, –dijo su madre–. Yo lo haré.
El cuchillo pastelero es muy afilado.
—Pero quiero ayudar –dijo Eva.
—Ya estás ayudando –replicó su madre.

Cuando el señor Banjo llegó a recoger las entregas del día,
la pastelería seguía aún muy llena.
La madre de Eva salió corriendo afuera y le llamó,
pero no la oyó.

–¿Qué pasa? –preguntó Eva.
–¡El señor Banjo ha vuelto a olvidarse la tarta!
Y tiene que estar en el faro a mediodía.

Eva deseó poder ayudar. Pero ¿qué podia hacer?
Pensó y pensó. Y entonces exclamó:
–¡Tengo una idea!

–Bien, Eva –rió su madre– esto será de mucha ayuda.

Pero, por favor, ten cuidado.

Ve directamente al faro del Capitán Kernel.

–No te preocupes –dijo Eva muy contenta–.

Te prometo que lo haré.

Eva pedaleaba entusiasmada,
mientras su madre le gritó:
—¡Eva!, ¡Eva!,
¡no te olvides tu sombrero de la suerte!

Al pasar por el parque de bomberos,
Eva vio a Belinda sentada en el bordillo.
—¡Eh! —gritó Belinda—. ¿Me llevas?
—Es que no hay bastante sitio —respondió Eva.
—Seguro que cabemos —dijo Belinda
metiéndose a la fuerza.

En el mercado se cruzaron con la señorita Melba.

–¡Eva! ¡Belinda! ¿Adónde vais?

–Vamos al faro a entregar esta tarta –dijo Eva–.
¿Y usted?

–Yo voy al hospital a entregar estos plátanos.

–Bueno, a nosotras nos pilla de paso –dijo Eva–.
No nos importa llevarlos por usted.

La señorita Melba le sonrió agradecida:

–¡Eres un encanto, Eva! Pero hace tan buen día
que me apetece dar un paseo.

En la siguiente esquina se encontraron
de casualidad con el señor Sneed.
—¡Hola, señor Sneed! —dijo Belinda—.
¿Adónde lleva esos libros?
Porque yo podría llevárselos, si quiere.

—Los llevo a la biblioteca. Pero,
¿estás segura de que tienes suficiente sitio?
—¡Sí, claro, estoy segura! —dijo Belinda.

La biblioteca no les quedaba de paso.
¡Y los libros pesaban mucho!
Pero al señor Sneed se le veía tan aliviado
que Eva no se pudo negar.

—Siguiente parada, la biblioteca —dijo Eva.
—Pero la biblioteca es taaan aburrida —rezongó Belinda—.
¡Tengo una idea! ¡Vamos a la plaza!

–No podemos –dijo Eva–.
¡Tenemos que entregar todo esto!
–De acuerdo –dijo Belinda
encogiéndose de hombros–. Iré yo sola.
–Pero, ¡te iba a pedir que empujaras! –dijo Eva.
–¿Qué habrías hecho si yo no estuviera? –replicó Belinda.

Sin Belinda para ayudarla, Eva tuvo que pedalear
con todas sus fuerzas.

Finalmente, llegó a la biblioteca.
Tambaleándose, se bajó de la bicicleta
y abrió la parte de atrás del carro.

Pero la colina era demasiado...

... empinada.

Y la tarta empezó a deslizarse hacia fuera...

... aunque Eva consiguió pararla justo a tiempo.
—¡Menos mal! —exclamó aliviada.

¡Era mucho más tarde de lo que Eva había pensado!
¿Cómo podría cargar todos aquellos libros
hasta la biblioteca rápidamente?
Agarró su sombrero de la suerte.

Para su sorpresa, no importaba cuántos libros pusiese dentro, siempre había sitio para otro.

Eva salió volando de la biblioteca
justo a tiempo para ver la carretilla
soltarse...

... y ¡bajar traqueteando colina abajo!

Echó a correr detrás de la tarta...

... pasó por el mercado...

... atravesó la plaza...

... y se fue ¡hacia el agua!

Afortunadamente, el operario del puente levadizo
les había visto acercarse.
¡Rápidamente elevó el puente!

De vuelta, Eva se tropezó con el señor Banjo.
–Eva ¿eso que llevas en tu carro es el pastel del Capitán?
–preguntó–. A partir de ahora, puedo llevarlo yo, si quieres.

–Gracias, –dijo Eva– pero me gustaría terminar
lo que he empezado.

Cuando por fin pudo ver el faro,
aceleró esperando no llegar tarde.

El Capitán se acercó a la puerta
y habló con voz profunda y áspera:
—¿Eres tú el nuevo repartidor?
—No —dijo Eva riendo.
—Vaya, ¿no es eso una carga muy pesada
para una niña tan pequeña como tú? —dijo él
guiñándole un ojo.
—No demasiado —le aseguró Eva.
—Bien, —rió el Capitán Kernel—
¡entonces debes de ser más grande de lo que pareces!

Eva volvió a casa, donde olía a panecillos de canela.
—¿Cómo te ha ido? —preguntó su madre.
—Bien —contestó Eva.

—Fue una idea muy buena. Y, mientras estabas fuera,
yo también he tenido una idea —dijo su madre.
—¿Ah, sí? —preguntó Eva, mientras intentaba coger la escoba.

–¡Sí! He pensado que más tarde podrías ayudarme
a cocer un pastel Zanzíbar.
–¿De verdad? –preguntó Eva. El pastel Zanzíbar era su favorito.
–¡Sí! –su madre sonrió y le dió un delantal–. Sé que es
demasiado grande pero crecerás antes de que nos demos cuenta.

Eva deseó que su madre tuviera razón porque, a ella
lo que más le gustaba, más que nada en el mundo...

... era ayudar.

Para Freddie y Bianca

Publicado por primera vez en Estados Unidos por Arthur Levine Books, un sello de Scholastic Inc. Publishers

Título original: *Ella takes the cake*
Dirección editorial: María Castillo
Coordinación editorial: Teresa Tellechea
Traducción del inglés: Lucía Álvarez
© del texto y las ilustraciones: Carmela y Steven d'Amico, 2005
© Scholastic Inc., 2005
© Ediciones SM, 2007
 Impresores, 15 - Urbanización Prado del Espino - 28660 Boadilla del Monte (Madrid)

Centro Integral de Atención al Cliente
Tel: 902 12 13 23
Fax: 902 24 12 22
clientes@grupo-sm.com

ISBN: 978-84-675-2019-4
Impreso en China / *Printed in China*
Diseño del libro: Steven d'Amico y David Saylor